Matt the Rat Fights Back
Ratón Mateo se Defiende

by/por Lorenzo Liberto

illustrated by/ilustrado por Irving Torres

translator/traductora Rocío Gómez

Harvest Sun PRESS
LAS CRUCES • NEW MEXICO

ISBN: 0-9743668-4-6

Manufactured in the United States of America

Library of Congress Cataloging-in-Publication Data

Liberto, Lorenzo.
   Matt the Rat fights back / by Lorenzo Liberto ;
illustrated by Irving Torres ; translator, Rocío Gómez = Ratón
Mateo se defiende / por Lorenzo Liberto ; ilustrado por Irving
Torres ; traductora, Rocío Gómez. -- 1st ed.
      p. cm. -- (The Matt the Rat series = La serie de Ratón Mateo)
   Summary: After spending the summer eating junk food and
staying indoors, Matt the Rat discovers that he is out of shape
when school begins again, but, with the help of friends and
family, Matt learns the values of a healthy diet and exercise.
   ISBN-13: 978-0-9743668-4-5 (lib. bdg. : alk. paper)
   ISBN-10: 0-9743668-4-6 (lib. bdg. : alk. paper)
   [1. Overweight persons--Fiction. 2. Weight control--Fiction.
3. Exercise--Fiction. 4. Rats--Fiction. 5. Spanish language
materials--Bilingual.]   I. Torres, Irving, ill. II. Gómez, Rocío.
III. Title. IV. Title: Ratón Mateo se defiende. V. Series: Liberto,
Lorenzo. Matt the Rat series.
PZ73.L48964 2005
[E]--dc22
                                                       2005009226

INTRODUCTION

You can see it on the billboard signs lining the roads, on television commercials, in vending machines, in the supermarket, and maybe even in your home. If you take a look around, it may seem like junk food is everywhere. When you're out with friends and want to snack, junk food is hard to resist, but this kind of unhealthy eating should never become a regular habit in your diet. Matt the Rat discovers the consequences of eating too much junk food and not exercising enough, which is a bad combination. When his clothes don't quite fit him anymore and he can't even finish the school race, Matt finally realizes that it's time to fight back. Find out what it takes to be healthy and energetic! If Matt can win the fight, we all can.

INTRODUCCIÓN

Lo puedes ver en las carteleras al lado de las carreteras, en los anuncios de televisión, en las maquinas vendedoras, en el supermercado, y tal vez en tu casa. Si te fijas, parece que hay comida basura en todas partes. Cuando andas con tus amigos o amigas y quieres un bocadillo, es muy difícil resistir la comida basura, pero este tipo de no sana alimentación jamás debe ser costumbre de tu dieta. Ratón Mateo descubre las consecuencias de comer demasiada comida basura sin hacer bastante ejercicio, lo cual es una mala combinación. Cuando su ropa ya no le queda y no puede terminar la carrera en la escuela, Mateo por fin se da cuenta que es tiempo para defenderse. ¡Vas a ver qué se necesita para estar en buena salud y tener energía! Si Mateo puede ganar esta lucha, todos podemos.

During summer vacation Maggie and Fergo made the most of their free time by playing outside and riding their bicycles. Yet whenever they asked Matt to join them, he always gave the same answer. "Maybe tomorrow!" Matt shouted between bites of cheddar potato chips. Tomorrow came and still Matt did not go swimming or hiking. He did not want to play basketball, soccer, or tennis. Matt's only exercise all summer was moving his thumbs and mouth. "Maybe tomorrow!" Matt shouted again one day.

"We can't go tomorrow," Maggie said. "Tomorrow is the first day of school."

Durante las vacaciones de verano Maggie y Fergo disfrutaron cuanto pudieron de su tiempo jugando afuera y paseándose en sus bicicletas. Pero cuando le pidieron a Mateo que jugara con ellos, él siempre les dio la misma respuesta. "¡Tal vez mañana!" les gritó Mateo entre mordidas de papitas fritas de queso. Mañana llegó y todavía Mateo no quería ir a nadar o hacer una caminata. Él no quería jugar básquetbol, fútbol, o tenis. El único ejercicio que hizo Mateo todo el verano era mover sus dedos gordos y su boca. "¡Tal vez mañana!" Mateo gritó de nuevo un día.

"Mañana no podemos ir," dijo Maggie. "Mañana es el primer día de escuela."

As Matt dressed in front of the mirror for his first day back to school, he noticed that his pants did not fit very well. He looked at the clock and saw he was also late for school. Without even eating a proper breakfast, Matt rushed out the door.

On the way to school, Matt could hardly keep up with his sister. "Slow down, Maggie!" he yelled. "You're going too fast!" It seemed like his bike was much harder to pedal than last year, and he was exhausted by the time he arrived at school.

Mientras que Mateo se vestía enfrente del espejo para su primer día de escuela, se fijó que sus pantalones no le quedaban muy bien. Él vio el reloj y vio que también iba tarde para la escuela. Sin comer un desayuno adecuado, Mateo salió corriendo por la puerta.

En camino a la escuela, Mateo no podía llevar el mismo paso que su hermana. "¡Más despacio, Maggie!" le gritó. "¡Vas demasiado rápido!" Parecía que su bicicleta era más difícil de pedalear que el año pasado, y estaba exhausto cuando llegó a la escuela.

At school, everyone was curious to see if Matt was still the fastest runner in Coach Kelly's gym class this year. Matt had won the Back to School Race several years in a row, but this year was different. Matt was so out of shape that he did not even finish the race. "I don't know why I feel so tired," Matt told Coach Kelly.

En la escuela, todo mundo estaba curioso de ver si Mateo todavía era el corredor más rápido este año en la clase de gimnasio con el Entrenador Kelly. Mateo había ganado la Carrera del Regreso a la Escuela por varios años consecutivos, pero este año era diferente. Mateo estaba en tan mala forma que no podía terminar ni la carrera. "No sé por qué me siento tan cansado," Mateo le dijo al Entrenador Kelly.

"I wanted to talk to you, Matt, because I was a little surprised that you could not finish the race today," Coach Kelly said. After he asked Matt to step on the scale, he knew the problem. "Matt, what exactly did you do all summer?"

"I promise I was going to start exercising tomorrow," Matt said.

"You really need to start today, Matt. And you don't need to promise to me. You need to promise yourself. I find it always helps me when I say, '*Exercise and diet right, and you will win the fitness fight.*'

"So what do you think, Matt? Do you want to be healthy and feel better?"

"Quería hablar contigo, Mateo, porque estaba un poco sorprendido que no pudiste terminar la carrera hoy," dijo el Entrenador Kelly. Después que le pidió a Mateo que se subiera a la escala, él ya sabía el problema. "Mateo, ¿precisamente qué hiciste todo este verano?"

"Le prometo que iba a empezar a hacer ejercicio mañana," dijo Mateo.

"Tú tienes que empezar ya hoy, Mateo. Y no me tienes que prometer. Tienes que prometerte a ti mismo. A mí siempre me ayuda cuando digo, '*Haz ejercicio y come bien, y tú ganarás la lucha también.*'

"Entonces, ¿qué piensas, Mateo? ¿Quieres estar sano y sentirte mejor?"

"I guess you saw that I lost the race today," Matt said when he arrived home from school.

"Yes," Maggie said. "But there will always be another race."

"That's true. There is another race before Thanksgiving, and Coach Kelly just gave me this new program to follow. Do you think that's enough time for me to get back in shape?"

"Of course! It will be hard work, but I know you can do it. Fergo and I will also be here to help you. But I think you should start by having an apple and water instead of those potato chips and sodas."

"Supongo que me viste perder la carrera hoy," dijo Mateo cuando llegó a su casa de la escuela.

"Sí," dijo Maggie. "Pero siempre habrá otra carrera."

"Es cierto. Hay otra carrera antes del Día de Gracias, y el Entrenador Kelly me dio este nuevo programa para seguir. ¿Piensas que hay bastante tiempo para ponerme en forma?"

"¡Por supuesto! Va a ser mucho trabajo, pero yo sé que lo puedes lograr. Fergo y yo estaremos aquí para ayudarte. Pero pienso que debes empezar con comer una manzana y tomar agua en vez de esas papitas y refrescos."

Shopping for healthy food and snacks was first on the program. "Are you sure these candy bars aren't healthy?" Matt asked. "They have nuts in them." Thankfully, Matt had the help of his two trainers in sticking to his new and nutritious diet.

Comprando comida saludable y bocadillos fue la primera cosa en el programa. "¿Estás segura que estas barras de dulce no son saludables?" preguntó Mateo. "Tienen nueces." Menos mal, Mateo tenía la ayuda de sus dos entrenadores en dedicarse a su dieta nueva y nutritiva.

15

Another important part of the program was for Matt to exercise for thirty minutes each day. Matt was very determined and excited to start exercising, and he warmed up for the training course by doing pushups.

"It's great that you're exercising again," Maggie told her brother, "but you should try to pace yourself since this is your first day back."

His sister was right. The first time exercising was the hardest for Matt. He moved slowly, his muscles were sore, and he felt like he would never be able to make it up the hill. Near the top, Matt remembered Coach Kelly's words. "*Exercise and diet right, and you will win the fitness fight.*"

Otra parte importante del programa era que Mateo hiciera ejercicio por treinta minutos cada día. Mateo estaba muy resuelto y emocionado para empezar, e hizo ejercicios de calentamiento con flexiones de pecho para su curso de entrenamiento.

"Está muy bien que estás haciendo ejercicio otra vez," le dijo Maggie a su hermano, "pero debes encontrar tu propio ritmo ya que es tu primer día."

Su hermana tenía razón. La primera vez haciendo ejercicio era la más difícil para Mateo. Se movía lentamente, sus músculos le dolían, y sintió como si nunca llegaría a la cumbre de la loma. Cerca de la cima, Mateo recordó las palabras del Entrenador Kelly. *"Haz ejercicio y come bien, y tú ganarás la lucha también."*

After a hard workout, Matt was thirsty and went straight to the refrigerator for an ice-cold soda. He was surprised to find that a healthy reward was already waiting for him. Fergo had made a fruit shake from his own special recipe.

Después de una sesión difícil de ejercicios, Mateo tenía sed y fue directamente al refrigerador por un refresco helado. Se sorprendió en encontrar que un premio saludable ya lo estaba esperando. Fergo había hecho un licuado de fruta de su propia receta especial.

Maggie and Fergo decided one afternoon that it would be a good idea to help fix Matt's bicycle that needed a tune-up. Matt felt so lucky to have such trusty trainers. "I want to thank you both for helping me with my new program," Matt said. "The hardest part so far has been staying away from junk foods. I know they're unhealthy, but they taste so good. Still, I'm going to try to eat only fruits and vegetables, wheat grains, and low-fat foods from now on."

Maggie y Fergo decidieron una tarde que sería buena idea ayudar a arreglar la bicicleta de Mateo que necesitaba ser afinada. Mateo se sintió muy afortunado en tener entrenadores tan fieles. "Quiero agradecerles a los dos por ayudarme con mi nuevo programa," dijo Mateo. "La parte más difícil ha sido no comer comidas no saludables. Ya sé que no son saludables, pero saben tan rico. De todos modos, voy a tratar comer solamente frutas y verduras, cereales, y comida baja en grasas de aquí en adelante."

Matt thought that he had really kicked his junk food habit. While he was out riding his bicycle, though, he could not help but see the giant sign for Frank's Burgers. When he approached the drive-in window, Matt certainly did not expect to be greeted by those familiar, friendly smiles. He had seen those faces before.

"Fergo! Maggie! What are you doing here?" Matt asked.

"We're just here to keep you on track," Maggie said. "Now here's that healthy chicken salad you must have ordered."

Mateo pensó que sí había dejado su costumbre de comer comida no saludable. Pero mientras que se estaba paseando en su bicicleta, no pudo evitar en ver el letrero para Las Hamburguesas de Franco. Cuando llegó a la ventanilla para hacer los pedidos, Mateo no esperó ser saludado por esas sonrisas conocidas. Había visto esas caras antes.

"¡Fergo! ¡Maggie! ¿Qué hacen aquí?" preguntó Mateo.

"Estamos aquí para mantenerte en camino," dijo Maggie. "Aquí está esa ensalada de pollo saludable que tal vez pediste."

With the help of Maggie and Fergo, Matt was losing weight and feeling stronger. Exercise was again easier and more fun, and he was no longer afraid of having an active workout. "Coach Kelly was right!" Matt shouted. "*If I exercise and diet right, then I will win the fitness fight.*"

Con la ayuda de Maggie y Fergo, Mateo estaba bajando de peso y estaba sintiéndose más fuerte. Ejercicio era más fácil otra vez y más divertido, y ya no tenía miedo de hacer ejercicios activos. "¡El Entrenador Kelly tenía razón!" gritó Mateo. "*Si hago ejercicio y como bien, yo ganaré la lucha también.*"

After a few months of exercise and healthy eating, Fergo wanted to reward Matt with a treat for his hard work. They all agreed to ride to their favorite dessert shop.

On the way, Maggie congratulated her brother. "I'm so happy you stayed with your program, Matt. You look great!"

"Thanks to you and Fergo!"

At the shop, Matt suggested that they limit their portions by having the three of them share an ice cream sundae together.

Después de unos meses de hacer ejercicio y comer bien, Fergo quería recompensar los esfuerzos de Mateo con un gusto. Todos se pusieron de acuerdo de ir a su dulcería favorita.

En el camino, Maggie felicitó a su hermano. "Estoy tan contenta que te quedaste con tu programa, Mateo. ¡Te ves muy bien!"

"¡Gracias a ti y a Fergo!"

En la tienda, Mateo propuso que compartieran un helado entre los tres para limitar las porciones.

Banana Split

50% off

Mint

Chocolate

Vanilla

Blueberry

Cherry
Cereza

Str
Fre

When Coach Kelly held the Thanksgiving Race, this time Matt was ready. "Good luck, Matt!" Maggie shouted from the crowd.

All the runners lined up, and everyone was cheering. Coach Kelly took his place on the track, and he fired the starting gun. The race was on.

This time Matt not only finished the race, but he finished in first place! Matt ran over to thank Coach Kelly for teaching him such an important lesson.

Cuando el Entrenador Kelly realizó la Carrera del Día de Gracias, Mateo estaba listo.

"¡Buena suerte, Mateo!" gritó Maggie desde entre la gente.

Todos los corredores se pusieron en línea, y todo mundo estaba gritando. El Entrenador Kelly tomó su lugar en la pista, y disparó la pistola de salida. La carrera comenzó.

Esta vez Mateo no solamente terminó la carrera, pero ¡tomó primer lugar! Mateo corrió a agradecerle al Entrenador Kelly por haberle enseñado una lección tan importante.

29

Since he was back in shape again, Matt did not always have to be asked to go running, ride bicycles, or play basketball outside. Instead, Matt was often the one who asked Maggie and Fergo to play.

Matt realized that winning the fight to eat healthy and exercise regularly was one of the most difficult challenges he had ever faced. Now that he had won that fight, he wanted to keep on winning for longer than just a few weeks and months. He knew that to be health conscious is a way of life and a way to enjoy life.

Ya que estaba en forma otra vez, Mateo no siempre tenía que ser invitado para ir a correr, pasearse en bicicleta, o jugar básquetbol afuera. En cambio, Mateo era el que les pedía a Maggie y Fergo a jugar.

Mateo se dio cuenta que ganando la lucha de comer de manera saludable y hacer ejercicio regularmente era uno de los retos más difíciles que había enfrentado. Ahora que había ganado esa lucha, él quería continuar siendo un ganador y no sólo por unas semanas o unos meses. Él sabía que siendo consciente de su salud es un camino de la vida y una manera de disfrutar de la vida.

Glossary* / Glosario*

Páginas / Pages 4 & 5

potato chips: papitas
to hike: hacer una caminata
tennis: tenis
video game: videojuego

Páginas / Pages 6 & 7

mirror: espejo
candy bar: barras de dulce
pants: pantalones
to pedal: pedalear
    o darle a los pedales

Páginas / Pages 8 & 9

gym: gimnasio
whistle: silbato o pito
track: pista
coach: entrenador o entrenadora

Páginas / Pages 10 & 11

scale: escala
diet: dieta
food pyramid: pirámide alimenticia
fitness: salud o forma

Páginas / Pages 12 & 13

program: programa
apple: manzana
calendar: calendario

Páginas / Pages 14 & 15

nutritious: nutritivo o nutritiva
healthy: sano o saludable
    o estar en buena salud
snacks: bocadillos
lettuce: lechuga
fruit: fruta
peaches: durazno o melocotón

Páginas / Pages 16 & 17

pushups: flexión de brazos
pace: ritmo o paso
muscles: músculos
frog: rana

Páginas / Pages 18 & 19

blender: licuadora
fruit shake: licuado de fruta
recipe: receta
mess: desorden o revoltijo

Páginas / Pages 20 & 21

to fix: arreglar
bicycle chain: cadena de bicicleta
screwdriver: desatornillador

Páginas / Pages 22 & 23

to order: pedir o hacer los pedidos

Páginas / Pages 24 & 25

workout: hacer ejercicios
    o programa de ejercicios
stronger: más fuerte
autumn: otoño

Páginas / Pages 26 & 27

chocolate: chocolate
vanilla: vainilla
mint: hierbabuena o menta
blueberry: arándano
cherry: cereza
strawberry: fresa
dessert shop: dulcería
    o tienda de dulces

Páginas / Pages 28 & 29

race: carrera
finish: final o meta
first place: primer lugar

Páginas / Pages 30 & 31

outside: afuera
to dribble: driblar
basketball: básquetbol

Work Cited / Obra Citada

MyPyramid.gov. 2005. U.S. Dept. of Agriculture. 4 May 2005
<http://www.mypyramid.gov/>.

* Find and match the words and phrases
in the glossary with what is in the story
and illustrations.

* Busca las palabras y frases en el glosario
que corresponden al cuento y a las ilustraciones.